Vente du Lundi 23 Avril 1894

A DEUX HEURES PRÉCISES

Hôtel Drouot — Salle n° 10

DESSINS ORIGINAUX

PROVENANT DU

Courrier Français

EXPOSITION PUBLIQUE

le Dimanche 22 Avril 1894, de 1 h. 1/2 à 5 h. 1/2

Mᵉ Jules PLAÇAIS	Mᵉ Ed. KLEINMANN
COMMISSAIRE-PRISEUR	EXPERT, MARCHAND DE DESSINS
29, rue de Maubeuge	8, rue de la Victoire

PARIS — 1894

Catalogue des Dessins

MIS EN VENTE

à l'Hôtel Drouot, Salle n° 10

le Lundi 23 Avril 1894

Alarcon.
Anquetin.
Bombled.
Bompard.
De Feure.
Dinet.
Faverot.
Forain (J.-L.).
Girardet.
Girardot.
Guillaume.

Heidbrinck.
Ibels.
Legrand (L.).
Leroy.
Lunel (F.).
Pille (H.).
Potter.
Roëdel.
Valloton.
Willette (Ad.).

Affiches de Jules Chéret.

Mᵉ Jules PLAÇAIS
Commissaire-Priseur
29, rue de Maubeuge.

Mᵉ Ed. KLEINMANN
Export, Mᵈ de Dessins
8, rue de la Victoire.

Exposition Publique le Dimanche 22 Avril

*Tous les Dessins sont vendus avec interdiction formelle
de droit de reproduction.*

CONDITIONS DE LA VENTE

Elle se fera au comptant.

Les acquéreurs paieront, en sus des adjudications, cinq centimes par franc.

Les dessins sont vendus avec interdiction formelle de droit de reproduction.

M. Kleinmann se charge des commissions des personnes qui ne pourraient assister à la vente.

DESSINS

ALARCON

2/1. Croquis.

ANQUETIN

100 2. Dessin original.

8 3. Epreuve lithographique.

BOMBLED (Louis)

99 4. L'Armée russe. — Circassien de l'escorte de la
    garde de l'Empereur.

40 5. L'Armée russe. — Cosaques du régiment Hatman
    de la garde.

6. 8 Juillet 1807. — Napoléon décore à Tilsitt le
    plus brave soldat de la garde impériale russe.

BOMPARD (Maurice)

7. Emb'arka la Danseuse (Al Kantara).

CHÉRET (Jules)

8. Epreuve lithographique, sans lettre.

9. Pastilles Géraudel. (Epreuve en bistre encadrée.)

10. Pastilles Géraudel. (Epreuve en couleurs encadrée.)

11. Les Bals masqués de l'Opéra en 1893-1894 (sans lettre, très rare), double colombier (entoilée).

12. Le *Courrier français*, double colombier bistre (entoilée).

13. Le *Courrier français*, double colombier bistre (entoilée).

14. Le *Courrier français*, double colombier en couleurs (entoilée).

15. Le *Courrier français*, double colombier en couleurs (entoilée).

16. Bals masqués de l'Elysée-Montmartre, quadruple colombier (entoilée).

17. La Danseuse de corde, double colombier (entoilée).

18. Bals masqués de l'Opéra en 1892, double colombier (entoilée).

19. Scaramouche (au Nouveau-Théâtre), double colombier (entoilée).

20. Kanjarowa, double colombier (entoilée).

21. Paris-Courses, double colomb. (entoilée). (Inédite.)

22. Le Palais de glace, quadruple colombier (entoilée).

23. Le Palais de glace, double colombier (entoilée).

24. L'Olympia, double colombier (entoilée).

25. Fleur-de-Lotus (aux Folies-Bergère), double colombier (entoilée).

26. Yvette Guilbert, double colombier (entoilée).

27. Louise Balthy, double colombier (entoilée).

28. Régénérez-vous (Sirop Vincent), double colombier (entoilée). (N'a jamais été apposée sur les murs.)

29. Mme Sans-Gêne, double colombier (entoilée).

30. Purgatif Géraudel, quadruple colombier (entoilée).

31. Purgatif Géraudel, double colombier (entoilée).

32. Pastilles Géraudel, quadruple colomb. (entoilée).

33. Saxoléine, double colombier, abat-jour jaune (entoilée).

34. Saxoléine, double colombier, abat-jour vert (entoilée).

35. Saxoléine, double colombier, abat-jour rouge (entoilée).

36. Saxoléine, double colombier, abat-jour rose (entoilée).

37. Un lot de cinq affiches du *Courrier français* (entoilées), un peu défraîchies.

NOTA. — On peut se procurer toutes les affiches ci-dessus énoncées, entoilées ou non, aux bureaux du « Courrier Français », 19, rue des Bons-Enfants.

E. DINET

38. Gamine de Laghouat.

FAVEROT

39. Le Téléphone.
40. L'Ane musicien.
41. Une peignée.
42. La fin de la sécheresse en Algérie! Danse du ventre devant le buffet.

DE FEURE

43. Premier froid.
44. Rêverie.
45. Idylle parisienne.
46. Fleurs et fruits.
47. Fleurs et fruits.
48. Le Voyeur moraliste.
49. Un cauchemar.
50. A la fête de Neuilly (derrière la tente).
51. Premier amour. (Vitrail pour couvent.)
52. Baignades.
53. Croquis.
54. Croquis.
55. Surpris.

56. — Le printemps n'a pas l'air de te faire beaucoup
d'effet.

57. Rêverie.

58. Le Nouveau maître.

59. Au bord de la mer : « En fermant les yeux on
croirait entendre le tramway. »

60. Croquis.

61. Croquis.

FORAIN (JEAN-LOUIS)

62. Enfin seule. (Dessin original.)

63. Croquis original.

64. Dessin pour une invitation au bal du *Courrier
français*.

65. { — « Maintenant y pionce. »
{ — « Alors, faut l'fouiller. » (Épreuve sur chine,
unique.)

66. L'Ecole des vierges. — Voyons, mademoiselle,
comment avez-vous pu une minute prendre au
sérieux ce que vous disait mon fils... un gamin
qui n'a pas *vingt-sept ans* ? (Épreuve sur chine,
unique.)

67. L'Ecole des michés. — Tout c' qu'on te d'mande
à toi, c'est d'bien aimer ta p'tite femme.
(Épreuve sur chine, unique.)

68. Oh! v'là qu' c'est l'vieux a c't' heure!... (Épreuve
sur chine, unique.)

69. — Enfin tu ne les as plus comme l'année dernière
— Parbleu, ma gosse à peine sevrée, j'ai dû
nourrir mon p'tit frère. (Épreuve sur chine, unique.)

70. — Maman, si des fois je n' rentrais pas cette
nuit... — Prends toujours la clef pour ne pas
faire relever ton père. (Épreuve sur chine,
unique.)

GIRARDET (Eugène)

71. Dernière étape.

GIRARDOT

72. Femme arabe.

GUILLAUME (Albert)

73. L'Algérie au bal des Quatr'z-arts.

IBELS

74. Si le café-concert évolue, le salut demeure
chaste et pur.

75. Dessin.

HEIDBRINCK

76. Les Lutteuses du bal du *Courrier français*.

77. Entrée des Incohérents, salle Vivienne.

78. Concert pour tous.

79. Directeurs et dessinateurs. Le dessinateur :
— « Certes, monsieur, je ne ferai jamais rien
de mieux, remarquez le fini! »

80. Musique en plein vent.

81. Le Menu du *Courrier français*.

82. Le Bal du *Courrier français* à sept heures du
matin.

83. Quelques costumes pour le bal mystique du
Courrier français du 4 mars 1891.

84. Quelques costumes naturalistes pour le bal du
Courrier français du 7 mars 1890 : chameaux,
grues, marmites, etc.

85. Les Vieux.

86. Quelques types d'artistes de cafés-concerts à
Londres.

87. Devant la Cour : quelques membres du jury.

88. L'Equipage du prolétaire.

89. Les Femmes artistes. — Mlle X..., artiste, prix du
Conservatoire et premier prix au concours
plastique du *Courrier français*.

90. Sapristi, laissez-moi donc passer, je crève de
faim!

90bis. La Toilette de Bébé. (Série de croquis non enca-
drés).

91. Petits loyers. — Cette pièce et un cabinet noir, 500 francs. Mais vous avez une très jolie vue sur la cour.

92. Chanteurs des cours. — Le czar est notre ami!

93. A l'hôpital Beaujon. — Condamnée.

94. L'Ombre fatale.

95. L'Habit ne fait pas le moine.

LEGRAND (Louis)

96. — Une thune! j' marche pas.

97. Dessin.

98. Croquis d'album.

99. Étude.

100. Dessin.

101. Dessin.

102. Croquis.

103. Dessin.

104. Dessin.

105. Dessin.

106. Au Palais de glace.

107. Dessin.

108. La démocratisation des chasses :] — « Tiens un mufle! »

109. Dessin.

110. Opéra. — Vannées.

110bis. Opéra. — Un Point.

LEROY (Paul)

111. En Algérie.

LUNEL (Fernand)

112. Les Etoiles de la Danse en 1893.

113. — « N'est-ce pas dégoûtant d'être *obligé* de voir des choses pareilles! »

114. — J'veux bien, mais pas tout de suite.

115. Les Provisions.

116. Le Patinage au Palais de glace.

117. Temps de pluie.

118. La Sortie du bal masqué de l'Opéra.

119. — Imbécile!

120. L'Eldorado et la Scala se donnent la main par-dessus le boulevard.

121. Bourrasque.

122. Derniers beaux jours.

123. S. M. l'Hiver.

Le voici venir, solennel et souverain, sur son grand cheval de bataille, avec sa barbe de pope, son regard bleu, sa toque fourrée où scintille l'étoile...

A sa droite est la Faim, toute hâve, diaphane, et se mordant les poings. A sa gauche est le Froid, aux prunelles figées, livide, hagard, et claquant des dents. Et la Mort, spectre ricaneur, faux sur l'épaule, sert de guide, mène par la bride le coursier sépulcral!

Derrière est le cortège des Maux sans nombre : les Deuils qui gémissent, les Révoltes qui hurlent, les Désespoirs qui sanglotent — et le troupeau muet des Déshonneurs! Tout ce dont l'humanité peut s'effarer, peut souffrir, s'avance vers elle...Et nul ne saurait conjurer la marche du conquérant inéluctable, plus redouté qu'Attila, plus barbare que Tamerlan, plus meurtrier que le plus illustre des tueurs de peuples, et qui revient à chaque an nouveau : S. M. l'Hiver.   Séverine.

PILLE (HENRI)

124. Les Dernières feuilles.

125. Quelques costumes pour le bal antique du *Courrier français*.

126. Le Carnaval de Lucerne.

127. Portraits d'aïeules.

128. Au coin du feu.

129. Le Jour des Morts au village.

130. Types russes.

131. Croquis villageois.

132. Feuilles mortes.

133. Dessin.

134. Le Départ des vendangeurs.

135. France et Russie (Paix et concorde).

136. Souvenir d'un voyage en Suisse. « Une fête à Zofingen. »

137. Entrée de centaures pour le bal du *Courrier français*.

138. Rêve rustique.

139. Deux illustrations du *Chat Botté*.

POTTER (MAURICE)

140. En Orient.

ROËDEL

141. Nouvelle année.

142. Réveil.

143. A Londres. Le chairman de Middlesex-music-hall.

144. Mœurs anglaises. Une explication.

145. A Londres. Les petites danseuses de la rue.

146. Miss Shocking au musée des antiques.

147. — « Ça dépend des goûts » (simple comparaison artistique pour M. Bérenger).

148. Dessin.

149. Au jardin de Cluny. Monstres anciens, monstres modernes.

150. Boulevard de Grenelle. — « C'est dix ronds sur la dure et vingt ronds au salon. » — « Ous' qu'est le salon? » — « Sur le banc ! »

151. Comparaison.

152. Un artiste doit faire ce qui lui plait.

153. Lilas blancs.

154. Suzanne et les deux vieillards.

155. La Rousse.

156. L'Art et la Nature.

157. Scène de ménage. — « Avec ton sale caractère, pourquoi t'es-tu marié? » — « Simplement pour avoir un modèle à l'œil! »

158. Par les grandes chaleurs...

159. — Pour peindre en pleine pâte, ayez des biceps. (Lobrichon.)

160. Printemps. Les bourgeons.
161. Portrait. (Epreuve lithographique.)
162. Soleil. (Epreuve lithographique.)
163. Fleurs. (Epreuve lithographique.)

VALLOTON (F.)

164. Les Chanteurs.
165. — « Vous m'avez trompé... hier... au Terminus. »
— « Mais non, pas au Terminus. Et puis d'abord
ce n'est pas vrai ! »
166. Au bal masqué de l'Opéra. — Mais laisse-le donc,
Emile !... puisqu'il m'a pris pour la femme...
d'un de ses amis.
167. Intimité. — « C'est pourtant vrai, elle n'est pas
enceinte ! » — « Quand je te le disais que nous
serions roulés... avec tes idées. »
168. Misère de ce monde. — Ah ! ma pauvre enfant !
Dire que je la perds au moment où elle allait
enfin me rendre heureuse.
169. Modestie. — Eh bien ! mon cher confrère, ne
pensez-vous pas qu'après nous la médecine se
fera d'une façon bien ignoble ?
170. Les Hercules.
171. Se préparant pour aller au bal antique du *Courrier français*. — « Tu sais, si tu remues tant
que ça, je n'arriverai jamais à te donner le
caractère. »

40 -172. La Revanche du Panama. — « Monsieur dit que
la sauce a un drôle de goût. » — « Et ma-
dame?... » — « Je crois bien qu'elle est en
train de dégueuler dans sa chambre. »

6² 172ᵇⁱˢ. Dessin.

WILLETTE (ADOLPHE)

173. — Je suis la sainte Démocratie, j'attends mes
amants.

174. Charité.

175. Le Protestant en voyage. — « Si je regardais voir
si elle a un pantalon! Allons, du courage,
c'est pour la morale. »

176. Le Protestant en voyage (suite). — « Ça coûte
donc bien cher, un pantalon, ô ma sœur? »

177. Le Protestant en voyage (suite). — « Parfait !
mais 80 francs un pantalon!... Je vais être
grondé à la Ligue. »

178. Le Protestant en voyage (suite). — Lui : « Déci-
dément, le pantalon est incommode, ran-
geons-le comme un objet de propagande. »
Elle : « Mais il est rigolo pain de seigle, son bou-
quin. »

179. L'Amour. — « Je suis toujours, ô Paris, ton
meilleur conseiller. » (Croquis.)

180. Mimi Pinson est patriote, elle a décoré sa fe-
nêtre. (Croquis.)

181. — Seigneur, délivrez Paris de la vermine et des
Auvergnats!

182. Un bon conseil: Si vous rencontrez des gardiens
de la paix, faites comme moi... détalez.
(Croquis.)

183. Héliogabale.

184. — « L'avez-vous vu, grand'mère! Vous l'avez
vu? »

La grand'mère. — « Qui donc mon enfant? »
(Tournez le cadre, S. V. P.)
— Mon...!

185. — Embrassez-vous, vagues humanités. Le printemps, c'est la trêve de Dieu.

186. Epreuve lithographique.

187. Regarde Pierrot.. Eh! Pierrot... écoute donc,
regarde mon joli linge blanc.

188. Le meilleur des professeurs. — A jeudi, ma
couvée chérie!

189. Dessin pour le programme du bénéfice de Dufour
à l'Élysée-Montmartre.

190. Les Parvenus. — Allons bon! je parie que tu as
encore oublié ton mouchoir.

191. Comme nos pères, nous chantons le vin et
l'amour; comme nos pères, nous chanterons
la poudre et la liberté. (Epreuve sur chine.)

192. *Ma Cigale.* — J'ai chanté tout l'été pour les
amoureux, la brise est venue... Je chante à
présent pour les opprimés et les vaincus!
(Epreuve sur chine.)

193. *Il lensquine à Lens.*
— Veux-tu bien rentrer dans ton trou! (Épreuve sur chine.)

194. — « Bravo, ça pousse, t'auras la médaille. » (Épreuve sur chine.)

195. — « Jules Roques pour son bal, demande quel sera le costume de 1993. » — « Celui du paradis, morbleu, car on l'aura enfin retrouvé. »

196. Le Révérend Bérenger au bal des Quatre-Arts : — « Ah! le vieux sale... qui me poursuit jusqu'au cabinet!... »

197. *A Willette pour ses trente-six ans.*
« Remarquez bien que la plupart des choses qui nous font plaisir sont déraisonnables. » (MONTESQUIEU.)

198. Vivent les vacances!

199. En revenant de la Revue. — Foin des *Deux-Mondes*, passe-moi la collection du *Courrier français*, ma bonne petite Bérengère.

200. — « Vous aurez beau dire et beau faire, vous ne m'empêcherez pas d'avoir la peau lisse au tradéridéra. »

201. Madeleine. — Ah ben t·as pas de toupet de vouloir représenter mon quartier, mon vieux Frédéric Passy.

202. — En Angleterre, toutes les femmes sont des anges; jamais elles ne crient, hormis quand elles chantent.

203. — Embrasse mon frère d'armes, Marianne, mais plus bas!

204. Mars dompté par Vénus.

205. Affiche du *Courrier français*, double col....ier (entoilée), par Willette. (Très rare.)

206. Affiche du *Courrier français*, double colombier (entoilée).

Paris. — Imp. Paul Lemaire, 14, rue Séguier.